AF498345

POESIE FRANCOISE,

A L'HONNEVR

DE LA SAINTE ROBE

DE NOSTRE SEIGNEVR

IESVS-CHRIST,

Qui est conservée dans l'Eglise du Monastere des Peres Benedictins d'Argenteüil.

Avec les Prieres ordinaires, & Proses Latine & Françoise.

Dediée à Mr PELLET Président, Bailly d'Argenteüil.

Par vn Religieux Benedictin d'Argenteüil.

A PARIS,

M. DC. LXVII.

A MONSIEVR PELLET,

President de l'Election de Paris, & Bailly d'Argenteüil.

MVse dans le deſſein, ou le zele t'engage,
D'exprimer les grandeurs du Sacré Veſtement,
Qu'icy l'on void encore auec étonnement,
N'attens pas qu'Apollon anime ton langage.

En vain à ce faux Dieu tu pretends rendre hõmage,
Ses inſpirations ne ſont qu'amuſement :
Afin de reüſsir plus glorieuſement,
Tu dois chercher l'appuy de ce Iuge tres-ſage:

De ce grand Preſident attens tout ton ſecours;
Car ſi ſon juſte zele a pû ces derniers iours
De ce diuin habit affermir la memoire :

Deſirant en chanter les prodiges diuers,
La force, les vertus, les effets plains de gloire,
Crois, que ce zele encore animera tes vers.

POESIE FRANCOISE,

A l'honneur de la sainte Robe de Noſtre Seigneur IESVS-CHRIST, *qui eſt conſervée dans l'Egliſe du Monaſtere des Peres Benedictins d'Argenteüil.*

ILLVSTRE & ſacré veſtement,
Chef d'œuvre des mains de MARIE,
Iadis le plus ſaint ornement
Du Reparateur de la vie :
Treſor mille fois precieux,
Qui portes iuſques dans les Cieux
Ta gloire, & ta magnificence :
Et qui fais deſſus nos Autels
Revivre encore ta puiſſance,
Pour le bien de tous les mortels.

La main qui t'a donné le iour
Forme le ſujet de ta gloire,
Et dedans ce mortel ſejour
Immortaliſe ta memoire.
MARIE à peine avoit porté
Dans le ſein de ſa pureté
Celuy qui lance le Tonnerre ;
Que pour honorer ta vertu,
Elle voulut que ſur la Terre
Vn Dieu fûſt de toy reveſtu.

La ſainte Robe a eſté faite par la ſainte Vierge.

La ſainte Robe a eſté employée à l'uſage de IESVS-CHRIST.

La Robe sans coûture est une expression de l'indivisibilité de Dieu.

Celuy dont la Divinité
Possede vn Estre indivisible;
Et qui dedans son vnité
Contient toute chose possible;
Voulant sous vn trait d'eguisé,
De son Estre non divisé,
Exposer icy la figure:
Il en exprime le portrait
Sous vne Robbe sans coûture
Dont MARIE a formé l'extrait.

La Robe sans coûture croissoit à mesure que IESVS-CHRIST s'avançoit en âge.

IESVS à peine en est vestu
Qu'elle éclatte en mille prodiges,
Qui font adorer sa vertu,
Comme ils en font voir les vestiges.
Les maux les plus inveterez
Trouvent les effets asseurez
D'vne guerison toute entiere:
Et ce precieux vestement
Sans accroissement de matiere,
Prend vn nouuel accroissement.

Avec le temps les Iuifs cacherent la sainte Robe dans Zaphat.

Mais déja ces pompeux effets
Commencent d'estre sans lumiere;
Le temps dérobe à nos souhaits
L'éclat de sa beauté premiere.
Les Ennemis du nom Chrestien
Voulant abbatre le soûtien
Qui faisoit l'appuy de sa gloire,
Par vne indigne lâcheté
Tâchent d'étouffer la memoire
De cét objet de pieté.

Vn Iuif nommé Simeon mis à la torture, revela le lieu où la sainte Robe estoit cachée.

Déja ce depost precieux
Ensevely dans les tenebres,
Souffroit l'effort injurieux
Des Iuifs sous ces ombres funebres:

5

Quand pour vanger cét attentat,
Le Ciel force dedans Zaphat
Les cœurs de ces hommes perfides,
Qui, par la crainte des tourmens
Trahissent leurs ames timides,
En trahissant leurs sentimens.

Ainsi donc ce nouveau Soleil
Se reproduit dans sa carriere,
Et d'vn magnifique appareil
Répand icy bas sa lumiere :
On void déja tout l'Orient
Briller d'un éclat tout riant
En faveur de tous les fideles :
Et déja la sainte Cité
Par mille graces immortelles,
Fait preuve de sa pieté.

La sainte Robe est portée & receuë avec pompe dans la Ville de Ierusalem.

Mais déja ce Divin tresor
Est desiré dedans la France,
Qui cherit moins l'éclat de l'or
Que le bon heur de sa presence.
Déja ce noble Conquerant
Qui merite le nom de Grand
Entre les genereuses Testes,
CHARLES, reçoit ce don de Paix
Comme le prix de ses conquestes,
Et le laurier de ses beaux faits,

La sainte Robe est envoyée par present à l'Empereur Charlemagne.

Mais ce Prince victorieux
Vaincu de l'amour de sa fille,
Dota de ce gage pieux
La plus sainte de sa Famille.
Argenteüil estoit habité
Par ce miracle de beauté,
Laquelle en qualité d'Abbesse
Gouvernoit des cœurs innocens,

Charlemagne donne la sainte Robe à Theodrade sa fille, Abbesse du Monastere d'Argenteüil.

A iij

Qui fous cette illuftre Princeffe
Quittoient les delices des fens.

❧❧❧

La fainte Robe eſt receuë dans Ar-genteüil à vne heu-re aprés midy, en memoire dequoy, le Pardon y eſt ſonné à la meſme heure à la Parroiſſe.

On accourt de tout le pays
Pour adorer en cette entrée
Vn trefor qui n'a point de prix,
Qui fait l'honneur de la contrée.
L'Aftre meſme qui fait le iour,
Pour voir ce bel objet d'amour,
Semble tarder en fa carriere,
Puis qu'en memoire de ce don,
Dedans la Parroiſſe on differe
D'vne heure à fonner le pardon.

❧❧❧

La fainte Robe ayant demeuré ca-chée quelque temps, elle fut découverte par vne lumiere miraculeuſe.

Comme il n'eſt rien deſſous les Cieux
Qui foit ferme dans fa durée,
Que ce qui paroiſt à nos yeux
N'a point de demeure aſſeurée :
Ce trefor parmy les François
Se trouve encore vne autre fois
Enfevely parmy les ombres ;
Mais vn miracle de clarté
Penetrant ces demeures fombres,
Le tira de l'obſcurité.

❧❧❧

Le Roy Louis VII. & toute ſa Cour, pluſieurs Archevé-ques, Eveſques & Abbez aſſiſterent à la folemnité du re-couvrement de la fainte Robe, laquel-le ils dépoſerent au Monaſtere d'Ar-genteüil, où elle a toûjours du depuis demeuré.

L'effet d'vn ſi rare bonheur
Met le païs dans l'allegreſſe,
Le Roy reçoit avec honneur
Ce bien dont le Ciel fait largeſſe.
Pluſieurs Prelats d'authorité
Viennent en pompe & majefté
Dans cet Augufte Monaftere :
Et d'vn commun confentement
Ils le rendent depoſitaire
De ce precieux veftement.

Celle de qui l'humilité
Tira du fein de Dieu le Pere
La figure de fa beauté,
Et l'image de fa lumiere :
Ayant fous fa protection
Pris ce lieu de devotion,
Y mit l'humilité pour titre :
Voulant que l'humble veftement,
Dont elle feule eftoit l'arbitre,
En fut le plus bel ornement.

L'Eglife du Monaftere d'Argenteuil a efté fondée & erigée fous le titre de l'Humilité de la Vierge.

❦❦❦

Aprés tant de Siecles paffez,
Cette Robe toute Divine
Pourfuit les effets commencez
En ceux que la grace domine :
De tant d'effets prodigieux
Qu'elle expofe encore à nos yeux,
Argenteüil eft le domicile ;
Que la pieté des François
A crû toûjours eftre l'azyle
Et le refuge de nos Rois.

La fainte Robe continue encore à faire des miracles au Monaftere d'Argenteuil.

❦❦❦

C'eft dans ce lieu de fainteté
Que nos invincibles Monarques
Ont laiffé de leur pieté
Mille & mille invincibles marques.
François, quoy qu'vn coup de malheur
De ta genereufe valeur
Faffe vne illuftre prifonniere :
Malgré ce coup iniurieux,
Ton cœur plongé dans la mifere,
Ne ceffe point d'eftre pieux.

Les Rois de France ont exercé les effets de leur pieté envers ce faint lieu.

❦❦❦

Tu conferves dedans ton fein
Malgré l'ennemy de ta gloire,
Les idées d'vn grand deffein
Qui fait revivre ta memoire ;

François I. fit environner de murailles le Bourg d'Argenteüil, afin

que la sainte Robe
y fût conservée
avec plus d'asseu-
rance.

Tu veux qu'Argenteüil soit muré
Pour faire vn rampart asseuré
A ce vestement Deïfique :
Afin qu'vn si sacré depost,
Dedans ce Temple magnifique,
N'ait rien qui trouble son repos.

Henry II. fit re-
couvrir l'Eglise du
Monastere d'Argen-
teüil qui s'en al-
loit en ruine.

Lors que de la caducité
Ce saint Temple souffre l'injure,
Henry, ta liberalité
En repare la couverture,
Imitant tes predecesseurs,
De ce saint lieu les Defenseurs ;
Tu veux que rien ne l'interesse :
De peur qu'il ne soit à mépris,
Ta main s'ouvre, & luy fait largesse
Pour en reparer le debris.

Les morts y sont
ressuscitez, & les
maladies gueries.

Dedans ce sejour d'Oraison
A peine est il de maladie
Qui ne trouve sa guerison
Auprés de ce tresor de vie :
Les morts y sont ressuscitez,
Et de quelques infirmitez
Dont on souffre la violence,
On voit bien-tost cesser le cours,
Lors qu'vne sainte confiance
En fait implorer le secours.

Gautier de Haute-
Pierre, Chevalier
de Loraine, ayant
uoulu couper vn
morceau de la sain-
te Robe, fut puny
de Dieu par vne
prompte maladie,
qui le mit au tom-

Gautier, si ta temerité
N'eût rendu ta main insolente,
Tu n'aurois du Ciel irrité
Ressenty la main violente :
Mais l'attentat injurieux
Que ce vestement glorieux
Souffrit de ta main criminelle,
Força le Ciel de te punir

D'vne

9

D'vne peine prompte & mortelle ;
Dont il a sçeu te prévenir.

Quoy donc, peut il estre vn Chrestien
A moins qu'il ait l'ame insensible ;
Qui puisse refuser le bien,
Par qui Dieu luy rend tout possible ?
Mortels, dedans vostre douleur,
N'accusez plus vostre malheur,
Comme vne chose iniurieuse,
Puisque Dieu vous met dans la main
Cette Tunique precieuse
Du Redempteur du genre humain.

Venez à ce Temple sacré,
Approchez vous de cét azyle,
Où le remede est asseuré
Autant qu'il est prompt & facile :
Apportez des cœurs penitens ;
Quittez les pechez des vieux temps ;
Offrez à Dieu vostre priere,
Et la Robe de IESVS CHRIST
Fera cesser vostre misere
Guerissant le corps & l'esprit.

A l'honneur & à la memoire

DE LA SAINTE ROBE

DE IESVS-CHRIST.

Autre Poësie Françoise.

INcomparable objet de l'amour de MARIE,
Tresor delicieux dont le Ciel est jaloux,
Glorieux vestement, dont le Celeste Epoux
Fait le plus riche atour de sa mortelle vie.

B

Chef-d'œuvre precieux de la plus belle main,
Qui iamais ait paru sous le travail humain,
Tunique officiense au Monarque des Anges,
C'est en vain qu'icy bas ie te dresse vn Autel,
Dieu seul peut dignement celebrer tes loüanges,
Comme il a de toy seul couvert son corps mortel.

Ie sçay bien par effet, qu'autrefois la Iudée,
Terre, que Dieu choisit dedans tout l'Vnivers,
Comme vn trône élevé de miracles divers,
Merita le bonheur de t'avoir possedée;
Ie sçay que dans Zaphat ton nom ensevely
Souffroit l'impieté d'vn criminel oubly
Où te precipitoit l'ennemy de ta gloire :
Mais aussi j'apperçoy qu'vn miracle nouveau
Dedans Ierusalem releve ta memoire,
Et remet ton éclat dans vn lustre plus beau.

Mais déja l'Orient où ton lustre s'étale,
Cesse d'estre charmé de tes divins appas;
Et déja le païs ne te merite pas,
Qui doit estre occupé d'vne secte brutale :
Déja pour meriter l'honneur de tes aspects,
La France te desire, & t'offre ses respects :
Et déja tu reçois les vœux de son Monarque :
CHARLES, ce Conquerant, de qui la pieté
Par mille beaux effets entre tous se remarque,
T'oblige de te rendre à sa fidelité.

Argenteüil est le lieu que le Ciel te destine;
C'est là que ton éclat paroist tout glorieux;
C'est le noble sejour qui découvre à nos yeux
Les merveilleux effets de ta vertu Divine :
C'est là que les François de douleurs oppressez
Se font heureusement de tout temps addressez,
Pour trouver à leurs maux vn facile remede :
Enfin l'on ne ressent aucune infirmité

Qu'on éprouve auſſi-toſt ta faveur & ton ayde
Par le recouvrement d'vne pleine ſanté.

Les morts reſſuſcitez publient ta puiſſance,
La lumiere ſuccede au triſte aveuglement,
Et le membre perclus reprend ſon mouvement,
Quand pour te faire honneur le malade s'avance.
Mais pour eſtre comblé de ces rares bienfaits,
Il faut quitter le crime, & former pour iamais
Le genereux deſſein d'vne meilleure vie :
Tu ne reçois les vœux que des cœurs innocens.
Celuy qui d'aimer Dieu conçoit la belle envie,
Reſſent de ta faveur les effets tout puiſſans.

PRIERES

Antienne & Oraiſon à la Sainte Robe.

Ave ſancta & incon-ſutilis Tunica per manus Beatæ Virginis côtexta.

Ave divinum Filij Mariæ indumentum miraculorum gloria illuſtratum.

Ave Salvator mundi per ſanctam veſtem tuam ſorte obtentam, ſorte feliciori ditemur æterna. Amen.

Verſ. Tege Domine tua Tunica peccata noſtra.
Reſp. Vt non appareant in conſpectu tuo.

Oremus.

Concede omnipotens Deus, vt qui Domini

Ie vous ſaluë ſainte Robe ſans coûture, qui avez eſté tiſſuë par les mains de la bien-heureuſe Vierge Marie.

Ie vous ſaluë divin veſtement du Fils de Marie rendu fameux & illuſtre par la gloire de vos miracles.

Ie vous ſaluë Sauveur du monde, faites que par voſtre ſainte Robe que le Soldat a eu au ſort deſſus la terre, par vn ſort plus heureux, nous ſoyons mis en poſſeſſion dedans le Ciel d'vne eternité de gloire. Ainſi ſoit-il.

Verſ. Couvrez, Seigneur, nos pechez de voſtre ſainte Robe.
Reſp. Afin qu'ils ne paroiſſent point aux yeux de voſtre Majeſté.

Oraiſon.

Accordez-nous, Dieu Tout-puiſſant, que rendans en

noſtri Ieſu Chriſti ſacram & inconſutilem Tunicam pia devotione veneramur in terris, ab ipſo veſte cœleſti, ſtolaque immortalitatis ſuperindui mereamur in cœlis. Qui tecum vivit & regnat in vnitate Spiritus ſancti Deus, per omnia ſæcula ſæculorum. Amen.

terre avec devotion. nos vœux & nos reſpects à la ſainte Robe ſans coûture de Noſtre Seigneur Iᴇsvs Chʀɪsᴛ, nous meritions d'eſtre revétus par luy de la robe de gloire, & du veſtement de l'immortalité dans les Cieux, où il vit & regne avec vous dans l'vnité du Saint Eſprit aux ſiecles des ſiecles.

Ainſi ſoit il.

AVTRES PRIERES A LA Sᵗᵉ ROBE,
En vers François.

TRefor immaculé, Tunique ſans coûture,
Chef d'œuvre precieux de la main la pl⁹ pure
Qu ait iamais veu le Ciel au ſejour des mortels :
Recevez mes reſpects, & les humbles prieres
Que j'addreſſe par vous au Pere des lumieres,
Humblement proſterné devant ſes ſaints Autels.
  Divin operateur de toutes les merveilles
Qui font voir à nos yeux les vertus nompareilles
De ce Divin treſor qui fait noſtre bonheur :
Par ce ſaint veſtement, dans la gloire eternelle,
Faites-nous poſſeder cette vie immortelle,
Qui comble les mortels d'vn immortel honneur.

Verſ. Seigneur par vôtre veſtement couvrez l'horreur de nos pechez.

Reſp. Et les cachez au iugement à la rigueur de vos vengeances.

Oraiſon.　　　　　　　　*SONNET.*

DIeu qui faites l'appuy de ce grand Vnivers,
Dont le bras tout puiſſant ainſi que la parole,
Dans le vaſte pourpris de l'vn & l'autre pole,
Fait paroiſtre à nos yeux tant d'ouvrages divers.
  Accablé ſous le poids de mille actes pervers,
Vn genereux eſpoir m'éleve & me conſole,
Quand ie voy mon Sauveur qui ſouffre & qui s'immole
Pour me donner la vie, & me tirer des fers.

Mais ce qui me redouble, & m'enfle le courage,
C'eſt d'en voir de mes yeux le noble témoignage,
Dans ce ſaint veſtement qui couvrit ſa pudeur.

Par le Sang precieux de vôtre Fils vnique,
Accordez-moy, Seigneur, l'immortelle Tunique
Qui nous reveſt au Ciel de gloire & de ſplendeur.

PROSA DE S. TVNICA plusquam 400 ab annis exarata.	PROSE DE LA SAINTE Robe, écrite depuis plus de quatre cens ans.

PROSA DE S. TVNICA *plusquam 400 ab annis exarata.*

1.

Plebs fidelis pro—me laudes
Redemptori cuius gaudes
Habitu digniſſimo.

2

Per quem firma fide vales
Hoſtis ſuperare fraudes
Aggreſſu tutiſſimo.

3

Veſtis hæc eſt manuale
Opus Matris virginale
Facta ſine ſutura.

4

Corpus tegit filiale
Donec debitum mortale
Ferret pro creatura.

5

O mirandum veſtimentũ,
Cuius ætas dat augmétum
Ab eius infantia.

6

Sumit ſimul incre mentum
Nullum veſtis nocumentũ
Geré s , labis neſcia.

PROSE DE LA SAINTE *Robe, écrite depuis plus de quatre cens ans.*

1.

Peuple fidele chantez des loüanges à voſtre Redempteur dont
vous poſſedez avec ioye le tres-di-
gne veſtement.

2

Par lequel avec vne ferme foy
vous pouvez attaquer en aſſeuran-
ce voſtre ennemy,& ſurmonter ſes
tromperies.

3

Cette ſainte Robe eſt l'ouvrage
ſans coûture des mains d'vne Vierge Mere.

4

Elle couvre le corps ſacré du Fils
de Marie depuis ſon enfance iuſ-
qu'au temps qu'il ſouffrit Mort &
Paſſion pour le rachapt de l'hom-
me.

5

O veſtement merveilleux, lequel
reçoit du Corps ſacré du Sauveur,
par vn miracle continuel vn ac-
croiſſement égal à celuy qu'il re-
cevoit dés ſon en fance par vn
droit naturel.

6

L'Enfant Iesvs & ſa ſainte Robe
croiſſoit également en meſme téps,
& neanmoins elle ne déperiſſoit

aucunement par l'vsage continuel qu'en faisoit le Sauveur.

7

Hanc milites rapuerunt ;
Et sortem super miserunt
Nolentes partiri.

7

Les Soldats l'arracherent de dessus les épaules déchirées du Sauveur, & la ioüerent au sort, à qui l'auroit, ne la voulant pas diviser entr'eux.

8

Nam quod vates prædixe-
runt.
Hoc ignari perduxerunt,
Effectum sortiri.

8

Car ces Soldats ont accompli par avanture ce que les Prophetes avoient predit de la sainte Robe,, sans sçavoir ce qui en estoit écrit.

9

Quam ab oris Gentilium
Imperator fidelium
Carolus extraxit.

9

Le grand Empereur Roy de Frāce Charlemagne a retiré des mains des Infideles ce sacré vestement.

10

Regno gestante lilium ,
Per virtutis auxilium
Hæc famam protraxit.

10

La sainte Robe estendit sa gloire & sa renommée dans tout le Royaume de France par les miracles que la veru Divine operoit continuellement en elle.

11

Ab argento sumpsit nomē
Oppidum,quo dedit numē
Sacram collocari.

11

Et Dieu tout-puissant a voulu que le Bourg d'Argenteüil qui prend son nom de l'argent,fut le riche depositaire de cette sainte Relique.

12

Vbi gratis dat iuvamen
Christicolis hoc velamen
Dignum decorari.

12

Où ce precieux vestement digne de tout honneur & gloire, fait ressentir les effets miraculeux de sa vertu à tous les Chrestiens qui y ont recours dans leurs besoins.

13

Vi terrarum per intervalla
Vestis mnro latens illa
Stat nullo sciente.

13

Et ce qui est digne d'admiration, c'est que la sainte Robe demeura cachée & inconnuë à tout le monde pendant deux cens ans ,dans vn mur de cette Eglise, comblée d'vne espece de terrasse.

14

Vnde fulgent miracula,
Monacho per oracula
Angelo dicente,

14

Mais Dieu voulant tirer de l'ob-
scurité la Robe de son Divin Fils,
revela par le ministere d'vn Ange
à vn bon Religieux le lieu où elle
estoit cachée, qui éclatoit déja en
miracles.

15

O quam certa probatio
Indiscreta devotio
Militi frangenti.

15

O que la devotion indiscrette du
Chevalier de Haute-Pierre qui
vouloit en couper vne piece, fut vne
preuve asseurée de la verité & puissance de cette Divine Relique.

16

Cui vitæ sedatio
Fuit, & restauratio
Reatum lugenti.

16

Car Dieu pour châtier la temerité criminelle de ce Chevalier qui
attentoit sur la sainte Robe de son
Fils, le ietta dans vne frenesie mortelle, mais comme il est tout mi-
sericordieux, il luy rendit pour quelque temps l'vsage de la raison, afin
de luy donner le loisir de reconnoi-
stre & pleurer sa faute, côme il fit.

17

Vt verè Christi Tunicam
Quam mater egit vnicam
Fidelis confidat.

17

Et Dieu a permis que cela soit
arrivé, afin que tout fidele Chrestien croye asseurément, que c'est
en verité la Tunique de Nostre
Seigneur Iesvs-Christ, travail-
lée par les mains de sa tres-sainte
Mere.

18

Gratiarum munificam
Et nostræ precis amicam
Hanc nullus diffidat.

18

C'est pourquoy personne ne
doit entrer en défiance de la vertu
& puissance de cette sainte Robe,
puis qu'elle distribuë liberalement
plusieurs faveurs & graces, & reçoit amiablement nos vœux &
prieres.

19

Quam colentes post mor-
talem

19

Prions donc le Divin Epoux de
nos ames Iesvs-Christ, de

Stolam, Christus immor-
talem,
Det ferre nuptiis.

20

Perducens ad triumpha-
lem
Collætantes Ierusalem
Summis deliciis.
    Amen.
Verf. Diviferunt fibi vefti-
menta mea.
Refp. Et fuper veftem meã
miferunt fortem.
    Oremus.
ADefto nobis Domine
Deus nofter, vt per
hæc myfteria veneranda,
quæ temporalé mortem Fi-
lij tui teftantur, quâ idem
dignatus eft exui fuis vefti-
mentis : & purgemur à vi-
tiis & à periculis omnibus
eruamur. Per eundem Do-
minũ noftrũ Iefum Chriftũ
Filium tuum, qui tecum
vivit & regnat per omnia
fæcula fæculorum. Amen.

faire la grace à ceux qui honore-
ront en cette vie mortelle fa fainte
Robe, de porter dans l'autre la Robe immortelle de la gloire à fes
Nopces.

20

Les conduifant heureufement &
auec ioye en la Ierufalem triom-
phante, pour les y faire iouïr des
fouverains delices. Ainfi foit-il.

Verf. Ils ont partagé entr'eux mes
veftemens.
Refp. Et ils ont ietté le fort fur ma
Robe.
    Oraifon.
SEigneur noftre Dieu affiftez
nous, afin que par ces adorables
Myfteres qui rendent témoignage
de la mort temporelle de voftre
Fils, pour laquelle fouffrir, il a
voulu eftre dépoüillé de fes fa-
crez veftemens, nous foyons net-
toyez de tous nos vices & pechez, &
delivrez de tous les dangers. Par le
mefme Noftre Seigneur IESVS-
CHRIST qui vit & regne avec
vous dans les fiecles des fiecles.
Ainfi foit-il.

9 782329 627441